De Flunner flücht an'n blagen Hewen. Worüm sall't dat nich ok mal gewen?

Hewen
Himmel

flücht
fliegt

blag
blau

Wi kenn' bi Minsch
un Dier de Gos
as Wackelstert
mit väl Gequos.

Gos
Gans

Gequos
Geschrei

Wackelstert
Wackelschwanz

'ne grote Katt
un 'ne lütt Mus
wahnen nich lang'
in't sülwig Hus.

Hus
Haus

sülwig
dasselbe

wahnen
wohnen

Katt
Katze

Mus
Maus

Den groten Aap
in'n Rostocker Zoo
wiern de Minschen so ähnlich.
Dat makt em froh.

Aap
Affe

makt
macht

wier
war

Twei Adebars
strieden üm ein Pogg,

de annern fief Poggens
säten all in ehr Lock.

Pogg
Frosch, Kröte

strieden
streiten

säten
saßen

De olle Käs'
fäuhlt sik hüt gaut
wieldat hei
so fien stänkern dauht.

fäuhlt
fühlt

dauht
tut

wieldat
weil

hei
er

Ein Penning föllt
ein' Minschen dal.
Kein hewt em up.
Nu segg mi mal . . .!

Penning
Pfennig

hewt
hebt

dal
runter

Ein Boom wull nich to Boomschaul gahn.

Nu blift hei dof un mickrig stahn.

stahn
stehn

dof
dumm

Boom
Baum

Schaul
Schule

De Trumpet trumpet'
lud un grell.
Wer't hürt, de krigt dat Rönnen.
Mit Luft allein is gor nix dahn,
man möt ok blasen können.

Trumpet
Trompete

dahn
getan

lud
laut

möt
muß

Lütt Maik spält mit Klötzers,
he weit ganz genau,
eins Dag's klotzt hei ran
as Vadder bi'n Bau.

spält
spielt

lütt
klein

eins Dag's
eines Tages

De lütte Aant,
dat is uns Fründ,
wenn uns de Aanterich
dat günnt.

Fründ
Freund

günnt
gönnt

Aant
Ente

stahn
stehn

Ein Radel

Dor stahn twei Bein
vun minen Enkel,
doch an de Schauh,
dor fehl'n de . . .

Schauh
Schuhe

Radel
Rätsel

De Swienskinner
nenn' wi Farken.
Ok'n Minschenkind
dörp sik dat marken.

Swien
Schwein

Kinner
Kinder

marken
merken

Farken
Ferkel

dörp
darf

Wir bedanken uns bei allen Sponsoren, die die Herstellung dieses Büchleins unterstützt haben, insbesondere beim Volkskultur-institut Mecklenburg und Vorpommern im Kulturbund e. V.

1. Auflage 1992

Gesamtherstellung: Schuboth-Druck Malchow
ISBN 3-910170-08-0

15 **föfteihn**

16 **sössteihn**

17 **soebenteihn**

18 **achteihn**

19 **nägenteihn**

20 **twintig**

21 **einuntwintig**

22 **tweiuntwintig**

23 **dreiuntwintig**

24 **vieruntwintig**

25 **fiefuntwintig**

26 **sössuntwintig**

nägenuntwintig 29

dörtig 30

viertig 40

föftig 50

sösstig 60

soebentig 70

achtig 80

nägentig 90

hunnert 100